Lb 3808.

AF268345

LA
GRANDE FÊTE

OU

LE 1ᴱᴿ MAI 1843.

AU ROI.

Paris.

Chez tous les Marchands de Nouveautés.

1843

[illegible]

[illegible]

[illegible]

[illegible]

[illegible]

AU ROI.

BIBLIOTHÈQUE ROYALE

LE 1ER MAI 1843.

Au Roi.

Temples chrétiens ouvrez vos portes aux fidèles !

Prêtres, entonnez des hymnes de reconnaissance et de joie !

Peuple, adressez vos vœux au maître de toutes choses !

Dieu, être immuable, éternel, dispensateur des grâces sans limites et sans fin, entends avec bonté nos chants d'allégresse et de bonheur !

Malheureux, que l'espérance mette un terme à vos douleurs et à vos privations !

Méchants, suspendez, pour un jour au moins, les traits envenimés dont vous tourmentez les âmes faibles et les cœurs craintifs !

Enfants de la grande famille française, livrez-vous tout entiers au plaisir de la paix que vous assure votre père commun ; livrez-vous sans réserve aux entraînements de la fête nationale qui se renouvelle pour la douzième fois !

VOICI LE PREMIER MAI !

Vive le Roi !

VIVE LA FAMILLE ROYALE !

Recevez nos hommages désintéressés, expression vraie d'une gratitude si justement méritée, si bien, si franchement sentie ; recevez-les avec cette bienveillance qui a tant de prix à nos yeux,

Vous,

MONARQUE si digne de gouverner un pays aussi grand, aussi généreux que le nôtre, un pays qui vous a appelé à sa régénération ;

Vous,

Princes, qui enseignez à nos fils comment on marche à la gloire par le courage et le patriotisme ;

Vous,

Reine, Princesses, exemples vivants de toutes les vertus qui donnent de l'éclat au trône, épurent les cœurs, et préservent des mauvais penchants.

Puissiez-vous,

Roi,

Princes,

Reine,

Princesses,

entendre notre voix fidèle et dévouée, et trouver dans ce cri de notre amour un soulagement à vos fatigues, un adoucissement à vos chagrins !

Car, nous le savons, une immense affliction est entrée au sein de votre famille, et, encore une fois, vous a déchirés de ses douleurs.

Mais, croyez-le bien, la France entière s'est émue, elle a partagé votre peine, elle s'est couverte d'un long voile de deuil; et, s'il eût été possible de vous épargner tant et de si religieuses larmes, point de sacrifices qu'elle n'eût été prête à vous offrir.

Vous avez mis votre confiance en Dieu, en Dieu, qui a reçu les deux martyrs et les a placés à sa face; et le consolateur de toutes les souf-

frances, le maître de tous les biens de ce monde,
le Père si vénéré de tous les chrétiens, vous a
inspiré la patience et la résignation: les épreuves
de la vie sont les seuls titres à la bonté infinie
de Dieu.

Et puis le moment est venu des hautes com-
pensations humaines!

Un nouveau fils s'est assis au foyer de la famille, promettant à une noble princesse les
douces félicités de l'épouse, les heureuses es-
pérances de la mère.

Un prince, partageant les dangers de nos
soldats, conservant à la France un pays con-
quis par nos armes, l'éclairant aux bienfaits de
notre civilisation avancée, fait respecter le nom

français dans la province de Médéah, y maintient l'ordre, y établit nos lois, y fait pénétrer nos mœurs, et ajoute un fleuron à la couronne de gloire de son père.

Un autre prince, chéri des marins comme de nous, visite l'Amérique méridionale, et, habituant l'étranger à nos voiles, prépare au roi et à la France des alliances destinées à agrandir le cercle de notre influence et de nos relations.

Enfin, le COMTE DE PARIS, cet enfant royal dans lequel se concentrent toutes nos destinées, fait connaître chaque jour davantage ce qu'on est en droit d'attendre de la précocité et de l'étendue de son intelligence.

Si nous sortons de l'ordre d'idées qui se rattachent à ces grands dédommagements accordés par le ciel à nos regrets et à notre désespoir, que ne voyons-nous pas pour rassurer l'avenir de la dynastie et le nôtre?

La paix est partout.

La partie de l'Afrique conquise par nos armes nous est définitivement acquise.

Une colonie nouvelle vient d'être ajoutée aux colonies que nous possédions déjà.

Calme, grandeur, prospérité au dedans et au dehors, tels sont les avantages dont nous avons à tenir compte au plus éclairé des monarques, au meilleur des rois que la France ait eus.

Secours pour tous les maux, la Guadeloupe

en est une preuve nouvelle ; bienfaits de reli-
gion et d'humanité, pratique des vertus qui mo-
ralisent une nation, courage qui fait supporter
les événements, élévation des sentiments et
des actes, voilà ce qui recommande à notre
amour et à notre vénération la REINE et les
PRINCESSES que nous devons à la bonté de Dieu.

Que le ciel nous les conserve.

VIVE LE ROI !

VIVE LA FAMILLE ROYALE !

Un Chasseur de la 11ᵉ légion.

PARIS. — IMPRIMERIE DE FAIN ET THUNOT,
Rue Racine, 28, près de l'Odéon.

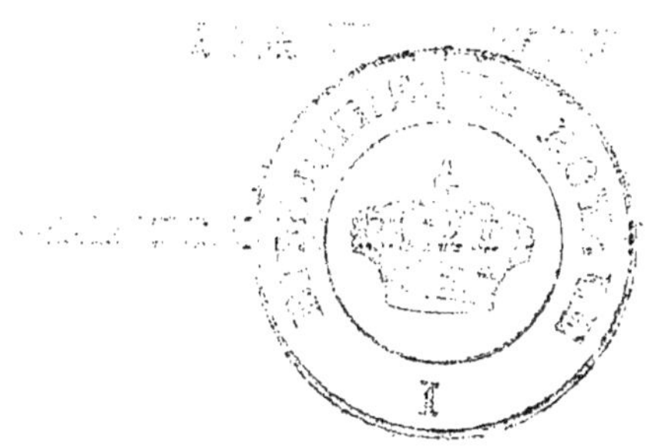

www.ingramcontent.com/pod-product-compliance
Lightning Source LLC
Chambersburg PA
CBHW061220050726
47594CB00008B/3739